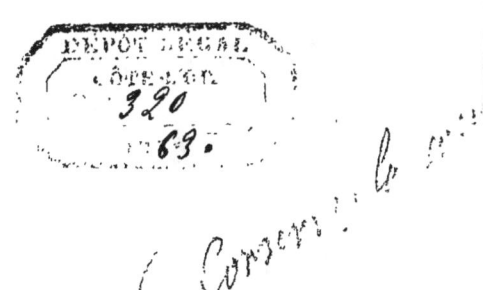
# ÉVA

### POÈME EN CINQ CHANTS

## PAR M. B......

# ÉVA

### POÈME.

—

## I

Après avoir cent fois, aux champs de la victoire,
Par ses exploits fameux illustré sa mémoire,
Le vieux guerrier Aymard, rentré dans ses foyers,
Au fond de sa retraite oubliait ses lauriers.
Il avait consacré pour sa noble patrie,
Pendant plus de trente ans, et son sang et sa vie ;
Maintenant, fatigué de ses vaillants travaux,
Il jouissait enfin d'un paisible repos.

—

Dédaignant les honneurs, méprisant l'opulence,
Il s'était contenté d'une modeste aisance.
Ainsi qu'un patriarche il était vénéré,
Et de nombreux amis il était entouré.

—

Unique et digne objet d'ineffable tendresse,
Ornement de sa vie, espoir de sa vieillesse,
Sa fille jeune et belle habitait avec lui.
Son seizième printemps n'avait pas encor lui.

Sur son front blanc et pur, la candeur et la grâce
En traits immaculés avaient empreint leur trace.
Enfant au cœur naïf, l'ombre même du mal
N'avait jamais troublé son regard virginal :
Le ciel est en été d'un azur moins limpide.
Sa parole était douce et son geste timide.
Elle réunissait le privilége heureux,
Sans le secours de l'art, de plaire à tous les yeux.

—

Son doux visage avait ces charmes tout mystiques
Que les peintres donnaient à leurs vierges antiques,
Et quand ses deux beaux yeux se tournaient vers le ciel,
Jamais Guide, Titien, Corrège ou Raphaël,
Alors que leur génie aux ailes diaphanes
S'élevait au-dessus des modèles profanes,
Jamais dans son extase aucun d'eux ne rêva
Un type plus divin que la petite Eva.
De ses longs cheveux noirs les tresses déroulées
Retombaient sur son col en boucles ondulées,
Et venaient serpenter sur un buste parfait.
Sous sa peau satinée, un sang riche coulait,
Qu'accusaient de son teint la fraîcheur délicate,
Et les sillons d'azur de ses tempes d'agate.
Ses lèvres avaient pris à la reine des fleurs,
A la rose de mai, ses plus riches couleurs.
Sa beauté sans égale était celle d'un ange,
Et l'on devait l'aimer d'un amour sans mélange.

—

Sa mère, morte, hélas! par des soins assidus,
Avait formé son cœur aux plus nobles vertus.
Au malheureux souffrant elle faisait l'aumône ;
Les pauvres soulagés l'appelaient leur madone;
Elle aidait de ses dons à nourrir l'orphelin ;
Pour tous elle était bonne. Au village voisin,

Quand le son de la cloche annonçait une fête,
En la voyant passer, chacun courbait la tête,
Comme pour recevoir ses bénédictions.
Pendant le mois de mai, dans les processions,
Connaissant ses vertus, chacun l'avait choisie
Pour leur représenter l'image de Marie;
Et ceux qui la voyaient sous ses longs habits blancs
Modeste, recueillie et marchant à pas lents,
Oubliaient qu'elle était un merveilleux emblème,
Et la prenaient souvent pour la Vierge elle-même.
Aussi le vieil Aymard, dans son cœur paternel,
Etait heureux et fier, et priait l'Eternel
De conserver toujours sa fille belle et sage.

—

Elle occupait son temps aux travaux du ménage.
Quand elle avait fini, pour remplir ses loisirs,
La lecture et le chant étaient ses seuls plaisirs.
Son instinct naturel et non point l'art plastique
Avait à cette enfant enseigné la musique;
Et lorsque, mariant sa ravissante voix
Aux accords de la harpe éveillés sous ses doigts,
L'oiseau, pour écouter cette douce harmonie,
Sur l'arbre interrompait sa tendre symphonie.
Le soir, quand l'*Angelus* sonnait dans le lointain,
Quand la rosée en pleurs tombait sur le jardin,
Sous un berceau touffu de frêne et de charmille,
Aymard s'entretenait longtemps avec sa fille;
Lui dictait son devoir, lui donnait un conseil.
L'encourageait au bien; et lorsque le sommeil,
Lentement, par degrés, abaissait leurs paupières,
Tous deux s'agenouillaient, unissant leurs prières;
Puis le père, attirant la tête de l'enfant,
Déposait un baiser sur son front innocent.
Et l'on se séparait. La petite famille
Ainsi coulait ses jours, enviée et tranquille.

Le bonheur et la paix du verdoyant enclos
Semblaient pour bien longtemps éloigner tous les maux.

—

Mais hélas! le bonheur n'est-il pas éphémère?
Qui peut être longtemps heureux sur cette terre?...

## II

La fenêtre s'entr'ouvre à l'air frais du matin,
Et de sa chambre Eva domine le chemin.

—

Quel est ce cavalier qui sillonne la plaine
Sur un coursier fougueux qu'il retient avec peine?
Sa chevelure blonde ondoie et flotte au vent.
Quoi! ses yeux par ici se tournent bien souvent.
Que cherchent-ils, tantôt tout brillants d'espérance,
Tantôt d'un doute amer exprimant la souffrance?
Son visage est empreint d'une noble beauté ;
O ciel! dans tous ses traits quelle douce fierté!
Il n'a guère vécu, car sa joue enfantine
De la jeunesse en fleur garde encor l'étamine.

—

Pourquoi rougissez-vous, noble fille d'Aymard?
Quel sentiment nouveau brille dans son regard ?
Pour la première fois son jeune sein palpite.
De la fenêtre ouverte elle s'enfuit bien vite.
A-t-elle reconnu le jeune adolescent
Qu'elle n'a pourtant vu qu'une fois en passant ?
C'est lui, car dans son cœur son image tracée
Vient depuis quelques jours occuper sa pensée.
Ange gardien d'Eva, de la céleste Cour
Descends : viens protéger la vierge et son amour.
Lève le voile humain, regarde dans son âme :
Les cieux sont-ils plus purs que son cœur et sa flamme ?
Va, va, tu peux porter au trône du Seigneur

Ce long ravissement et ce trouble enchanteur,
Et ce chaste désir de l'enfant qui s'éveille,
Et le soupir secret de sa lèvre vermeille.

—

Tout à coup dans les airs ces timides accents,
De la craintive Eva captivent tous les sens :

—

De l'amour dont mon cœur soupire,
Eva, permettez-moi l'aveu.
C'est vous seule que je désire;
Vivre pour vous est mon seul vœu.
Depuis ce beau jour qu'à l'église,
Belle quêteuse, je vous vis,
Mon âme gémit et se brise
En pensant à vos traits chéris.

Que ne suis-je l'objet que touche
Et que caresse votre main,
L'air que respire votre bouche,
La fleur qui meurt sur votre sein !
Que ne puis-je être, ô jeune fille !
Le portrait que vous aimez voir,
La blanche étoile qui scintille,
Et que vous contemplez le soir !...

Je serais dans votre humble vie
L'objet peut-être d'un soupir;
Mon sort serait digne d'envie :
Je pourrais au moins vous servir.
Loin de vous tout m'importune ;
Le sommeil de mes yeux a fui.
Rien n'égale mon infortune :
Je meurs de tristesse et d'ennui.

Que votre pudeur se rassure :
A vous respect, estime et foi.

Comme le jour ma flamme est pure ;
Ange du ciel, écoutez-moi.
Sur moi tournez votre paupière,
Et si je suis digne de vous,
Bientôt je prirai votre père
De m'accepter pour votre époux.

—

A ces doux mots d'amour, nouveaux encor pour elle,
Eperdue et debout la jeune Eva chancelle.
Fascinée, attirée, elle avance pourtant
Vers l'étroite fenêtre où le jeune homme attend.
Elle le voit alors, respectueux, timide,
A peine osant lever son doux regard humide.
Il est là, saluant sans quitter l'étrier.
Lui si beau, lui si jeune, il semble la prier.
C'en est trop pour l'enfant attendrie et sans feinte,
Et son cœur se trahit dans une molle étreinte.

. . . . . . . . . . . .
. . . . . . . . . . . .

—

Et le ciel entendit des deux jeunes amants
Et les premiers baisers et les premiers serments.

### III

Sous l'ombre du berceau que parfume la brise,
Sur un banc de gazon, Eva seule est assise.
Sa tête est languissante et son front soucieux.
Un nuage obscurcit l'azur de ses beaux yeux :
On dirait qu'une larme y va bientôt reluire.
Comme un flot agité, lorsque son sein respire,
On dirait qu'il soulève et presse des sanglots.
Sa main tient un billet qui renferme ces mots :
« Mon ange, descendez ce soir sous la tonnelle ;

Votre Vilson viendra. » Pourquoi s'attriste-t-elle ?...
Pourtant il va venir, celui qui tant de fois
Lui prouva son amour et dont elle a fait choix.
Bientôt il va venir, dans ses chastes tendresses,
Lui prodiguer encor ses nombreuses caresses...
Serait-ce qu'en secret quelque pressentiment
La prévient que le ciel lui prépare un tourment ?

—

Mais des pas bien connus ont crié sur le sable.
C'est bien lui, c'est Vilson, l'adolescent aimable.
Dans un tendre baiser elle oublie un moment
Ses secrètes terreurs aux bras de son amant.
— Ma belle et douce Eva, je vous ai fait attendre :
Pardonnez-moi, dit-il, et veuillez bien m'entendre.
— Grand Dieu ! votre visage a l'air bouleversé.
Qu'avez-vous, mon ami ? que s'est-il donc passé ?
— A des chagrins mortels mon âme est condamnée :
On veut avec une autre unir ma destinée.

—

Mon père ce matin m'entretint à l'écart.
— Je sais tout, m'a-t-il dit : à la fille d'Aymard,
Vous adressez, Vilson, vos vœux et votre flamme.
Vous avez tort, mon fils, et méritez mon blâme.
Vous n'avez pas vingt ans... tout me fait présager
Que vous croyez durable un amour passager ;
Et la crédule Eva, qu'éprend votre langage,
Pourrait bien s'abuser et croire au mariage.
Cessez donc désormais, par votre assiduité,
De tromper son espoir et sa crédulité.
Et d'ailleurs, apprenez que dans ma prévoyance,
J'ai projeté pour vous la plus belle alliance ;
Vous connaissez Julie : elle a beaucoup d'attraits ;
Elle est riche, et mérite en tous points vos souhaits.
Un fils doit obéir aux ordres de son père :
Je veux qu'Eva vous soit désormais étrangère. »

A ce cruel récit, à cet arrêt du sort,
La malheureuse Eva pâlit comme la Mort.
Comme un faible roseau brisé par la tempête,
Sur son sein, haletante, elle pencha la tête,
Et son amant la crut près de s'évanouir.
— O ma vie, ô mon ange, oh! ne va pas mourir!
Je suis là, près de toi, je t'appartiens, je t'aime ;
Ne crains pas mon oubli, car si le ciel lui-même
M'empêchait de t'aimer, je désobéirais ;
Contre Dieu, contre tout je me révolterais :
Je quitte s'il le faut la maison paternelle.

—

— Ne parlez pas ainsi, mon ami, lui dit-elle,
Vous offensez le ciel : il pourrait vous punir.
Votre père commande, il vous faut obéir...
Ne vous récriez pas, prêtez encor l'oreille ;
C'est Eva qui vous parle, Eva qui vous conseille.
Votre père a raison : n'allez point par vos coups
Détruire l'avenir qu'il a bâti pour vous.
Dans le fond de mon cœur que ne pouvez-vous lire!
Je vous l'ai déjà dit, faut-il vous le redire?
Je vous aime, Vilson, d'un amour sans égal.
Mais cet amour si grand vous deviendrait fatal
Si vous deviez un jour, aspirant à une autre,
Elever mon bonheur sur les débris du vôtre.
Un tel bonheur, hélas! me serait douloureux ;
Il n'en est point pour moi si vous n'êtes heureux.
Une telle union serait pour vous trop triste :
Je me reprocherais mon amour égoïste.
Peut-être n'auriez-vous qu'une froide amitié,
De la reconnaissance ou bien de la pitié.
Et tout m'accablerait : mes remords, votre père,
Qui me regarderait d'un œil sec et sévère.
Non, non, oubliez-moi. Peut-être un jour viendra
Où, vous sachant heureux, mon cœur se guérira...

— Mais sans vous, mon Eva, je ne puis jamais l'être...
Taisez-vous, taisez-vous, vous brisez tout mon être...
— Il faut nous séparer, disons-nous donc adieu.
Puisse un tel sacrifice être agréable à Dieu.
— Déjà!!! c'en est donc fait!... » Et leurs yeux se mouillèrent,
Et leurs lèvres, leurs mains, doucement se pressèrent;
Et Vilson dit encore : — Il faudra bien qu'un jour
Ma famille en entier approuve notre amour.

## IV

Du noir manteau des nuits la vallée est couverte ;
L'air est silencieux et la pleine déserte;
Partout règne la paix et l'immobilité ;
Le ciel est nuageux, plein d'électricité,
Et lourd comme au moment où va fondre l'orage.
De temps en temps l'oiseau de funeste présage
Trouble seul de ses cris lugubres, gémissants,
Le silence absolu des bosquets et des champs.
Il est l'heure tardive où l'ange du mystère
De ses bras caressants enveloppe la terre.
Il est bientôt minuit, ce moment solennel
Que désire l'amant, qu'attend le criminel.

—

Eva, que faites-vous par cette nuit tranquille ?...
A travers ses rideaux une lumière brille.
Entrons : qu'en cé moment nos regards indiscrets
De ce petit réduit découvrent les secrets.
Sur la table posée, une bougie éclaire
Les objets dont l'enfant pare son sanctuaire :
L'image de la Vierge auprès du crucifix,
Le petit chapelet, et l'eau sainte et le buis;
Des cadres sur les murs les figures pieuses,
Des saints et des martyrs reliques précieuses ;

Et, tout orné de fleurs, le petit reposoir
Où Marie à prier l'invite chaque soir.

—

Là, devant cet autel elle est agenouillée.
Pour qui donc sa prière et sa longue veillée ?
Attend-elle quelqu'un ?... des rendez-vous d'amour,
A cette heure, en ce lieu, serait-ce le retour ?
Non. Voyez : sur son front trop de mélancolie
Est répandue ; hélas !... non, son cœur même oublie
Si ces instants si courts ont jamais existé.
Cependant, quelquefois, la sensible beauté
Laisse un nom cher et doux éclore sur sa bouche....

—

Mais elle s'est levée, et, rajustant sa couche,
Se prépare au repos. Tout-à-coup, de son corps,
Fatigués, engourdis, fléchissent les ressorts.
Sa paupière s'abaisse, il semble que sa tête
Vacille sur son cou. Surprise, elle s'apprête
A vaincre la torpeur qui vient de l'enlacer.
Mais vainement : ses pas refusent d'avancer.
Une vive rougeur colore son visage.
Elle aperçoit alors le reste du breuvage
Que sa lèvre aspirait tout à l'heure à plaisir.
Pour y goûter encore elle veut le saisir :
Mais son bras est inerte et retombe près d'elle.
Quelques moments encore elle lutte, chancelle ;
Elle approche du lit par un dernier effort ;
Elle pousse un soupir, tombe enfin et s'endort.

—

L'éclair en longs serpents sillonne au loin la nue,
Et le bruit de la foudre envahit l'étendue.

—

Derrière un vaste meuble un jeune homme caché
S'est à l'instant d'Eva comme une ombre approché.
Il a suivi des yeux, retenant son haleine,

Dans ses moindres détails cette étonnante scène.
Sa lèvre est frémissante ; et son beau front pâli
De son anxiété conserve encor le pli.
Il tremble... mais voyant qu'elle est bien endormie,
Sa résolution s'est un peu raffermie.
Il avance plus près pour mieux la regarder,
Et se dit : — Maintenant, je puis la posséder....

—

Est-ce bien vous, Vilson ?... O terrible mystère !
Vous ici ?... dans ce lieu !... que venez-vous y faire ?
N'êtes-vous plus celui dont le simple désir
Respectait les vertus, y puisait son plaisir ?
Ne vous souvient-il pas qu'Eva vous fit défense
De l'aimer désormais, de chercher sa présence ?
Allez-vous, poursuivant un projet insensé
Abuser d'une enfant dans un sommeil forcé ?
Qu'il vous fallut souffrir pour que de cette idée
Votre âme un seul instant eût été possédée !...
Eh, quoi ! vous hésitez ?... Est-ce le repentir ?
Il en est temps encore, et vous pouvez sortir :
Votre premier chemin, la fenêtre est ouverte ;
Comme pour arriver elle vous est offerte....

—

Cependant de l'enfant le sommeil agité
A ses yeux éblouis montre la volupté.
Des plus bouillants désirs son sang vierge s'empare ;
Son esprit est troublé, le délire l'égare ;
Il sent courir en lui des frissons inconnus ;
Eva l'aime, elle est belle, et ses charmes sont nus...
. . . . . . . . . . . . . . . . . . . . . . .
. . . . . . . . . . . . . . . . . . . . . .

—

Accoudé sur la table, auprès de la bougie,
Vilson, plein de regrets, la paupière rougie,

Vers le lit profané se tournant bien souvent,
Après avoir écrit, lit le billet suivant :

—

« Je pars demain au jour : à Paris on m'entraîne
Pour me faire oublier, pour mieux rompre la chaîne
Qui me rattache à vous. On pense réussir.
Cependant rien ne peut dès lors nous désunir ;
Car nous sommes unis. Nulle femme jalouse
Ne peut vous disputer le nom sacré d'épouse...
Hélas ! par quel moyen !... vous ignorez comment...
J'ai pénétré chez vous sans votre assentiment,
Ce soir ; car vous eussiez repoussé ma prière.
J'ai mélangé pour vous la liqueur somnifère
A la fraîche boisson que vous buvez le soir :
Le sommeil résultant vous mit en mon pouvoir.
Que votre âme blessée à jamais se souvienne
De cet horrible aveu, votre honte et la mienne,
Jusqu'au jour où mon âge ayant la liberté
De suivre son penchant, faire sa volonté,
Je pourrai vous donner cette main sacrilége
Qui vient de vous flétrir par un lâche manége.
Ne me maudissez pas, Eva, jusqu'à ce jour :
Si je suis criminel, c'est par excès d'amour.... »

. . . . . . . . . . . . . . . . . . . . . . .

. . . . . . . . . . . . . . . . . . . . . . .

—

Déjà l'aube se montre et la nuit s'évapore ;
Des rayons du soleil la plaine se colore ;
Le vent ne souffle plus, l'orage est dispersé...
Mais le billet n'est plus où Vilson l'a placé.
Qui donc a pu ravir cette page secrète ?...
Est-ce quelque fantôme ?... ou si c'est la tempête ?...
Nul encor n'est entré dans cet appartement,
Et la victime dort toujours profondément...

. . . . . . . . . . . . . . . . . . . . . . .

. . . . . . . . . . . . . . . . . . . . . . .

## V

Lyre aux accords nouveaux, dont la voix amollie
Ne chanta que l'amour et sa douce harmonie,
Laisse-moi réveiller une corde assoupie,
Et m'enivrer de deuil et de mélancolie....

—

J'ai senti bien des fois, aux pieds de la beauté,
Lorsque jusqu'à son cœur tes doux chants ont monté,
En ruisseaux précieux, de son œil velouté,
Tomber là, sur mon front, des pleurs de volupté....

—

Ce n'est plus comme alors le bonheur qui t'inspire...
C'est un besoin secret ; c'est un autre délire...
C'est l'ombre des cyprès, et les soupirs plaintifs
Du zéphyr à travers les saules et les ifs...

—

O lyre, puisses-tu des cœurs que tu désarmes
Faire aux yeux attendris monter encor des larmes!!!

—

Une pierre... une tombe... un nom, et... rien qu'un nom,
Sans un mot de regret, sans autre inscription,
Cri qui, parti de l'âme, et si simple en lui-même,
De soupirs, de sanglots, renferme un long poëme :
Eva... nom cher et doux qui fit battre les cœurs,
Qui fait cesser le rire, et qui tranche les pleurs....
Elle est là, maintenant, cette enfant blanche et rose.
Que vous avez connue.... elle est là qui repose.
Dans sa couche glacée, elle dort d'un sommeil
Qui n'a jamais d'aurore et n'a pas de réveil.
Hélas! pourquoi, mon Dieu, l'avoir sitôt ravie?
Que fit-elle ici-bas ?... que fut toute sa vie ?

Naître, aimer un instant, souffrir et puis mourir :
Etrange destinée, et qui vient de finir.

—

Tes arrêts sont profonds, ô marâtre nature !
Quel est ton but caché ? quelle est donc ta structure ?
Quel est ton avenir ? et quels sont tes projets ?
Tu formes à ton gré des êtres si parfaits,
Que, près de l'Eternel, au ciel, tous les archanges
Voudraient les posséder dans leurs saintes phalanges ;
Tu leur montres l'amour, ce dictame divin
Qui promet le bonheur, l'espoir, la vie, enfin ;
Tu leur montres la coupe afin qu'ils puissent boire,
Et quand leur cœur naïf a bien voulu te croire,
Lorque pour la saisir ils veulent s'élancer,
Par d'adroits préjugés tu vas tout renverser.
Si, le flot répandu, le charme dure encore,
S'ils veulent des débris que le soleil redore
Refaire ce beau vase, ils s'efforcent en vain :
Chaque fragment déchire et fait saigner leur main.
Leur cœur désenchanté dans les larmes se noie,
Et la mort et l'oubli viennent saisir leur proie.

—

Mais cette enfant si chaste avait-elle failli,
Lorque pour l'avertir ses flancs ont tressailli ?
Quand, victime innocente, honnie et méprisée,
Par son père lui-même elle fut accusée ?...
Elle eut beau protester par son étonnement,
Elle eut beau protester sur la foi du serment :
La noire calomnie avait fermé ses serres.
On taxa ses vertus d'hypocrites manières.
Un hymen ignoré !... Personne ne la crut....
De honte et de douleur un jour elle mourut.
Elle mourut, hélas ! emportant avec elle
Le fruit révélateur. La pitié paternelle
Alors se réveilla ; mais il était trop tard.

Il avait ignoré, le malheureux vieillard,
Que l'amour eût jamais fait soupirer sa fille ;
Les petits rendez-vous sous la verte charmille ;
La rupture... jamais il n'avait vu Vilson.
La pauvre Eva, d'ailleurs, n'avait aucun soupçon.
Ils ne s'étaient pas vus depuis plus d'une année...
Sans doute, bien des fois elle fut étonnée
En pensant à la nuit (funeste souvenir)
. Où, prise tout à coup du besoin de dormir,
Elle eut dans son sommeil un cauchemar étrange :
L'enfer, le ciel, la terre.... un horrible mélange.
Mais ce n'était qu'un rêve, et non réalité...
Dans ce rêve pourtant gisait la vérité.

. . . . . . . . . . . . . . . . . . . . . . . .

. . . . . . . . . . . . . . . . . . . . . . . .

—

Six mois s'étaient passés depuis qu'elle était morte.
La douleur chez Aymard n'en était pas moins forte.
Ses chagrins et son deuil, encor plus que les ans,
Avaient usé son corps... il devançait le temps.
Sans sa fille adorée, il ne pouvait plus vivre.
Il semblait au tombeau devoir bientôt la suivre.
Selon son habitude, il venait chaque jour,
Tribut de ses regrets, tribut de son amour,
Sur les restes chéris redire une prière.
Un matin qu'il était à genoux sur la pierre,
Il sentit tout à coup son sang se refroidir,
La sueur l'inonder, ses membres s'engourdir.
Son heure allait sonner... heure de délivrance.
Il comprit, car son œil exprima l'espérance.
Son âme alors sembla prête à se détacher ;
Il s'affaissa... Quelqu'un venait de s'approcher.

—

C'était un tout jeune homme, au teint pâle et morbide,
Les habits en désordre, et la paupière humide,

Le regard fauve et sombre. Il tenait un poignard.
En voyant cette tombe, en voyant ce vieillard,
Sa poitrine laissa sortir un cri sauvage.
— Voilà, s'écria-t-il, voilà donc mon ouvrage...
Je suis un assassin... Maudite passion !
Puisse ma mort aussi m'obtenir mon pardon. »
Puis, levant à ces mots le poignard homicide,
Il le plonge en son sein... Le visage livide
D'Aymard, par un effort, alors se souleva.
— Qui donc es-tu ? — Vilson... violateur d'Eva...

Dijon, imp. J.-E. Rabutôt.

www.ingramcontent.com/pod-product-compliance
Lightning Source LLC
Chambersburg PA
CBHW061424170626
46811CB00005B/2123